LIÇÃO DE COISAS

CARLOS DRUMMOND DE ANDRADE

JO José Olympio

3ª edição
Rio de Janeiro, 2023

Carlos Drummond de Andrade © Graña Drummond
www.leiadrummond.com.br / www.carlosdrummond.com.br

Todos os esforços foram feitos para localizar os autores das imagens reproduzidas neste livro. A editora compromete-se a dar os devidos créditos em uma próxima edição, caso os autores as reconheçam e possam provar sua autoria. Nossa intenção é divulgar o material iconográfico, de maneira a ilustrar as ideias aqui publicadas, sem qualquer intuito de violar direitos de terceiros.

1ª edição, 1962, Livraria José Olympio Editora
2ª edição, 1965, Livraria José Olympio Editora
3ª edição, 2023, Grupo Editorial Record

Conselho editorial: Afonso Borges, Edmílson Caminha, Livia Vianna, Luis Mauricio Graña Drummond, Pedro Augusto Graña Drummond, Roberta Machado, Rodrigo Lacerda e Sônia Machado Jardim
Fixação de texto: Edmílson Caminha
Design de miolo: Casa Rex
Design de capa: Casa Rex, releitura a partir da capa original de Teresa Nicolao para a 1ª edição de *Lição de coisas*, Livraria José Olympio Editora, 1962

CIP-Brasil. Catalogação na Publicação
Sindicato Nacional dos Editores de Livros, RJ

A566L
3. ed.

Andrade, Carlos Drummond de, 1902-1987
Lição de coisas / Carlos Drummond de Andrade. - 3. ed. - Rio de Janeiro : José Olympio, 2023.

ISBN 978-65-5847-121-9

1. Poesia brasileira. I. Título.

23-86040
CDD: 869.1
CDU: 82-1(81)

Meri Gleice Rodrigues de Souza - Bibliotecária - CRB-7/6439

Texto revisado segundo o Acordo Ortográfico da Língua Portuguesa de 1990.

Todos os direitos reservados. Proibida a reprodução, o armazenamento ou a transmissão de partes deste livro, através de quaisquer meios, sem prévia autorização por escrito.

Reservam-se os direitos desta edição à
EDITORA JOSÉ OLYMPIO LTDA.
Rua Argentina, 171 – 3º andar – São Cristóvão
20921-380 – Rio de Janeiro, RJ
Tel.: (21) 2585-2000.

Seja um leitor preferencial Record.
Cadastre-se no site www.record.com.br
e receba informações sobre nossos lançamentos e nossas promoções.

Atendimento e venda direta ao leitor:
sac@record.com.br

ISBN 978-65-5847-121-9

Impresso no Brasil
2023

9 Capa da 1ª edição

11 Capa da 2ª edição

13 Nota da editora à 1ª edição

17 Nota da editora à 3ª edição

19 Nota do Conselho Editorial Drummond

LIÇÃO DE COISAS

ORIGEM

29 A palavra e a terra

MEMÓRIA

37 Terras

38 Fazenda

39 O muladeiro

40 O sátiro

41 A santa

42 Vermelho

ATO

45 O padre, a moça

58 Os dois vigários

62 Massacre

63 Remate

LAVRA

67 Destruição

68 Mineração do outro

70 Amar-amaro

COMPANHIA

75 Ataíde

77 Mário longínquo

79 A Carlito

81 A mão

CIDADE

85 Pombo-correio

88 Caça noturna

90 Canto do Rio em sol

SER

97 O retrato malsim

98 *Science fiction*

99 Janela

100 O bolo

101 Os mortos

102 Aniversário

103 Carta

104 Para sempre

MUNDO

109 Vi nascer um deus

114 A bomba

PALAVRA

125 Isso é aquilo

130 F

4 POEMAS

133 A música barata

134 Cerâmica

135 Descoberta

136 Intimação

140 Dedicatória de Drummond
à esposa, Dolores

141 Dedicatória de Drummond
à filha, Maria Julieta, e família

CRÔNICA DE DRUMMOND

147 ÍNDICE
DE TÍTULOS
E PRIMEIROS
VERSOS

1962
1ª edição, capa de Teresa Nicolao,
Livraria José Olympio Editora

CARLOS
DRUMMOND
DE ANDRADE

LIÇÃO
DE
COISAS

LIVRARIA *J.O.* EDITÔRA
2.ª EDIÇÃO

1965
2ª edição, capa de Luís Jardim,
Livraria José Olympio Editora

NOTA DA EDITORA À 1ª EDIÇÃO

Dados biográficos do autor

Carlos Drummond de Andrade – que vem sendo editado por esta Casa desde 1942 – nasceu em Itabira, Minas Gerais, em 1902. Sua família deu os primeiros povoadores e mineradores de ouro da região, no período colonial, e, mais tarde, fazendeiros de criação e lavoura. A marca itabirana é fundamental em sua poesia.

Após as primeiras letras, fez cursos irregulares e dedicou-se a duas atividades práticas, ou assim consideradas: jornalismo e funcionalismo público, a princípio em Minas Gerais, e finalmente no Rio de Janeiro.

Pertencendo à geração intelectual de Abgar Renault, Alberto Campos, Emílio Moura, Gustavo Capanema, João Alphonsus, Mário Casasanta, Martins de Almeida, Milton Campos e Pedro Nava, com alguns deles fundou *A Revista*, de Belo Horizonte, que, publicando apenas três números, assinalou, entretanto, o movimento modernista na capital mineira.

Estreou em livro com *Alguma poesia* (1930), a que se seguiram: *Brejo das almas* (1934), *Sentimento do mundo* (1940), *Poesias* (1942), *A rosa do povo* (1945), *Poesia até agora* (1948), *A mesa* (1951), *Claro enigma* (1951), *Viola de bolso* (1952, edição ampliada em 1955), *Fazendeiro do ar* (1955), *Ciclo* (1957) e *Poemas* (1959). Em prosa: *Confissões de Minas* (1944), *O gerente* (1945), *Contos de aprendiz* (1951), *Passeios na ilha* (1952) e *Fala, amendoeira* (1957). Volumes contendo seleções de seus poemas, vertidos para o espanhol, foram publicados em Madri (1951) e Buenos Aires (1953). Traduziu para a língua nacional *Les Fourberies de Scapin*, de Molière;

Les Liaisons dangereuses, de Laclos; *Les Paysans*, de Balzac; *Thérèse Desqueyroux*, de François Mauriac; *Albertine disparue*, de Proust, e *Dona Rosita, la soltera*, de García Lorca.

O livro

Este novo livro de poemas – informa Carlos Drummond de Andrade – está dividido em nove partes: "Origem", "Memória", "Ato", "Lavra", "Companhia", "Cidade", "Ser", "Mundo" e "Palavra". Cada um desses substantivos busca indicar, sem artifício, a natureza daquilo que serviu de pretexto aos versos ou que, em última análise, os resume.

O poeta abandona quase completamente a forma fixa que cultivou durante certo período, voltando ao verso que tem apenas a medida e o impulso determinados pela coisa poética a exprimir. Pratica, mais do que antes, a violação e a desintegração da palavra, sem entretanto aderir a qualquer receita poética vigente. A desordem implantada em suas composições é, em consciência, aspiração a uma ordem individual.

São contadas histórias vero-imaginárias, sem, contudo, o menor interesse do narrador pela fábula, que só o seduz por um possível significado extranoticial. Há também referência direta e comovida a figuras humanas: pintor do passado, poeta contemporâneo, cômico. Aparece uma cidade: o Rio de Janeiro, que circunstâncias históricas tornam pessoa.

Reminiscências do autor foram reduzidas ao mínimo de anotações – ensaio, possivelmente, de um tipo menos enxundioso de memórias: o objeto visto de relance, com o sujeito reduzido a espelho.

O mundo de sempre, com problemas de hoje, está inevitavelmente projetado nestas páginas. O autor participante de *A rosa do povo*, a quem os acontecimentos acabaram entediando, sente-se de novo ofendido por eles, e, sem motivos para esperança, usa, entretanto, essa extraordinária palavra, talvez para que ela não seja de todo abolida de um texto de nossa época.

Rio, março de 1962.

NOTA DA EDITORA À 3ª EDIÇÃO

Mais de seis décadas depois do seu lançamento, *Lição de coisas* retorna ao catálogo da Editora José Olympio em edição especial, com novo projeto gráfico. Além de nova fixação, disponibilizamos aqui acesso a conteúdo extra.

Se o gosto de Drummond pela experimentação já se notava em poemas como "No meio do caminho", de *Alguma poesia*, seu livro de estreia, neste *Lição de coisas* esse fazer se intensifica. A partir de provocações colocadas pelo concretismo, o poeta itabirano aqui se abre para explorar de maneira mais intensa forma e conteúdo – em especial, o conteúdo visual e sonoro –, "sem entretanto aderir a qualquer receita poética vigente", como mineiramente se sublinha na nota da primeira edição. Não sem motivo, Haroldo de Campos registrou, em ensaio sobre o livro, que "Drummond é antes de mais nada um *maker*, um 'inventor'".

Com esta edição, convidamos leitores e leitoras a desfrutar poemas que, para além da experimentação, compreendem temas caros a nosso querido poeta, como a memória, o humor e a mineração de si mesmo e do outro. Percebe-se assim que, para além de qualquer observação sobre a técnica de seus textos, o que encontramos é muitas vezes a humanidade mais singela. Sua expressão poética simples, porém sempre coesa, ainda nos espanta pela ternura. Esta lição, talvez por isso, fica e permanece. São poemas que, como pequenas joias, tornam-se cada vez mais valiosos "na correnteza esperta do tempo".

Editora José Olympio,
setembro de 2023.

NOTA DO CONSELHO EDITORIAL DRUMMOND

Em 1962, quando a Livraria José Olympio Editora publicou a primeira edição deste *Lição de coisas*, Carlos Drummond de Andrade já se tornara um dos maiores nomes da literatura brasileira no século XX. Poeta, cronista, contista, ensaísta e tradutor, chegava aos 60 anos de idade com domínio pleno da língua e da linguagem como elementos da criação literária. À riqueza dos temas, somavam-se o apuro do texto, a elegância da forma e o primor do estilo aclamados por críticos e leitores que lhe atestavam a importância da obra.

As nove partes que compõem o livro – "Origem", "Memória", "Ato", "Lavra", "Companhia", "Cidade", "Ser", "Mundo" e "Palavra" – representam os fundamentos da poética drummondiana: a terra, a família, as lembranças, os afetos, as amizades, as admirações, a consciência dos problemas do homem e dos perigos do mundo. Poemas que aqui se encontram são dos mais conhecidos de Drummond: "O padre, a moça", levado para o cinema pelo diretor Joaquim Pedro de Andrade, e "Para sempre", belo canto de louvor às mães que circula nas redes sociais sempre que se quer homenageá-las.

Acrescentam-se, a esta nova edição, uma dedicatória autógrafa do poeta para a esposa, Dolores, e outra para a filha, Maria Julieta, e sua família; a crônica "Livros novos", que publicou no jornal *Correio da Manhã*; e quatro poemas ("A música barata", "Cerâmica", "Descoberta" e "Intimação"), constantes, como inéditos, na *Antologia poética* do autor, publicada em 1962, e incluídos no *Lição de coisas* a partir da segunda edição, lançada em 1965.

O Conselho Editorial Drummond, junto com a Editora José Olympio, hoje parte do Grupo Editorial Record, tem a honra de trazer de volta ao público leitor este livro de Carlos Drummond de Andrade, na plenitude da realização artística e do fazer poético. Afinal, como ele próprio diz,

Tudo é teu, que enuncias. Toda forma
nasce uma segunda vez e torna
infinitamente a nascer. O pó das coisas
ainda é um nascer em que bailam mésons.
E a palavra, um ser
esquecido de quem o criou; flutua,
reparte-se em signos – Pedro, Minas Gerais,
                                              [beneditino –
para incluir-se no semblante do mundo.

Setembro de 2023.

LIÇÃO DE COISAS

ORIGEM

A PALAVRA E A TERRA

I

Aurinaciano
o corpo na pedra
a pedra na vida
a vida na forma
Aurinaciano
o desenho ocre
sobre o mais antigo
desenho pensado
Aurinaciano
touro de caverna
em pó de oligisto
lá onde eu existo
Auritabirano

II

Agora sabes que a fazenda
é mais vetusta que a raiz:
se uma estrutura se desvenda,
vem depois do depois, maís.

O que se libertou da história,
ei-lo se estira ao sol, feliz.
Já não lhe pesam os heróis
e, cavalhada morta, as ações.

Agora divisou a traça
preliminar a todo gesto.
Abre a primeiríssima porta,
era tudo um problema certo.

Uma construção sem barrotes,
o mugir de vaca no eterno;
era uma caçamba, o chicote,
o chão sim percutindo não.
Um eco à espera de um ão.

III

Bem te conheço, voz dispersa
                            nas quebradas,
manténs vivas as coisas
                            nomeadas.
Que seria delas sem o apelo
                            à existência,
e quantas feneceram em sigilo
                            se a essência
é o nome, segredo egípcio que recolho
para gerir o mundo no meu verso?

para viver eu mesmo de palavra?
para vos ressuscitar a todos, mortos
esvaídos no espaço, nos compêndios?

IV

Açaí de terra firme
jurema branca esponjeira
bordão de velho borragem
taxi de flor amarela
ubim peúva do campo
caju manso mamão bravo
cachimbo de jabuti
e pau roxo de igapó

goiaba d'anta angelim
rajado burra leiteira
tamboril timbó cazumbra
malícia d'água mumbaca
mulatinho mulateiro
muirapixuna pau ferro
chapéu de napoleão
no capim de um só botão

sapopema erva de chumbo
mororozinho salvina
água redonda açucena
sete sangrias majuba

sapupira pitangueira
maria mole puruma
puruí rapé dos índios
coração de negro aipé

sebastião de arruda embira
pente de macaco preto
gonçalo alves zaranza
pacova cega machado
barriguda pacuíba
rabo de mucura sorva
cravo do mato xuru
morototó tarumã

    junco popoca
    junco popoca

biquipi biribá botão de ouro

v

Tudo é teu, que enuncias. Toda forma
nasce uma segunda vez e torna
infinitamente a nascer. O pó das coisas
ainda é um nascer em que bailam mésons.
E a palavra, um ser
esquecido de quem o criou; flutua,

reparte-se em signos – Pedro, Minas Gerais,
                              [beneditino –
para incluir-se no semblante do mundo.
O nome é bem mais do que nome: o além-da-coisa,
coisa livre de coisa, circulando.
E a terra, palavra espacial, tatuada de sonhos,
cálculos.

VI

Onde é Brasil?
Que verdura é amor?
Quando te condensas, atingindo
o ponto fora do tempo e da vida?

Que importa este lugar
se todo lugar
é ponto de ver e não de ser?
E esta hora, se toda hora
já se completa longe de si mesma
e te deixa mais longe da procura?
E apenas resta
um sistema de sons que vai guiando
o gosto de dizer e de sentir
a existência verbal
                    a eletrônica
e musical figuração das coisas?

MEMÓRIA

TERRAS

Serro Verde   Serro Azul
   As duas fazendas de meu pai
     aonde nunca fui
   Miragens tão próximas
   pronunciar os nomes
         era tocá-las

FAZENDA

Vejo o Retiro: suspiro
   no vale fundo.
Retiro ficava longe
   do oceanomundo.
Ninguém sabia da Rússia
   com sua foice.
A morte escolhia a forma
   breve de um coice.
Mulher, abundavam negras
   socando milho.
Rês morta, urubus rasantes
   logo em concílio.
O amor das éguas rinchava
   no azul do pasto.
E criação e gente, em liga,
   tudo era casto.

O MULADEIRO

José Catumbi
estava sempre chegando
da Mata.
O cheiro de tropa
crescia pelas botas acima.
O chapéu tocava o teto
da infância.
As cartas traziam
cordiais saudações.

José Catumbi
estava sempre partindo
no mapa de poeira.
Almoçava ruidoso,
os bigodes somavam-se de macarrão.
As bexigas
não sabiam sorrir.
As esporas tiniam
cordiais saudações.

O SÁTIRO

Hildebrando insaciável comedor de galinha.
Não as comia propriamente – à mesa.
Possuía-as como se possuem
e se matam mulheres.

Era mansueto e escrevente de cartório.

A SANTA

Sem nariz e fazia milagres.

Levávamos alimentos esmolas
deixávamos tudo na porta
mirávamos
petrificados.

Por que Deus é horrendo em seu amor?

VERMELHO

O frango degolado
e sua queixa rouca,
a rosa no ladrilho
hidráulico, formando-se,
o gosto ruim na boca
e uma trova mineira
abafando o escarlate
esvoaçar de penugem
saudosa de ser branca.
Pinga sangue na xícara:
a morte cozinheira.

ATO

O PADRE, A MOÇA

1.   O padre furtou a moça, fugiu.
Pedras caem no padre, deslizam.
A moça grudou no padre, vira sombra,
aragem matinal soprando no padre.
Ninguém prende aqueles dois,
aquele um
          negro amor de rendas brancas.
Lá vai o padre,
atravessa o Piauí, lá vai o padre,
bispos correm atrás, lá vai o padre,
lá vai o padre, a maldição monta cavalos telegráficos,
lá vai o padre lá vai o padre lá vai o padre,
diabo em forma de gente, sagrado.

Na capela ficou a ausência do padre
e celebra missa dentro do arcaz.
Longe o padre vai celebrando vai cantando
todo amor é o amor e ninguém sabe
onde Deus acaba e recomeça.

2.   Forças volantes atacam o padre, quem disse
que exércitos vencem o padre? Patrulhas
rendem-se.

O helicóptero
desenha no ar o triângulo santíssimo,
o padre recebe bênçãos animais, ternos relâmpagos
douram a face da moça.
E no alto da serra
o padre
entre as cordas da chuva
o padre
no arcano da moça
o padre.

Vamos cercá-lo, gente, em Goiás,
quem sabe se em Pernambuco?
Desceu o Tocantins, foi visto em Macapá Corumbá
                        [Jaraguá Pelotas
em pé no caminhão da BR-15 com seu rosário
na mão
lá vai o padre
           lá vai
e a moça vai dentro dele, é reza de padre.

Ai que não podemos
contra vossos poderes
guerrear
ai que não ousamos
contra vossos mistérios
debater

ai que de todo não sentimos
contra vosso pecado
o fecundo terror da religião.

Perdoai-nos, padre, porque vos perseguimos.

3.   E o padre não perdoa: lá vai
levando o Cristo e o Crime no alforje
e deixa marcas de sola na poeira.
Chagas se fecham, tocando-as,
filhos resultam de ventre estéril
mudos e árvores falam
tudo é testemunho.
Só um anjo de asas secas, voando de Crateús,
senta-se à beira-estrada e chora
porque Deus tomou o partido do padre.

    Em cem léguas de sertão
    é tudo estalar de joelhos
       no chão,
    é tudo implorar ao padre
    que não leve outras meninas
    para seu negro destino
    ou que as leve tão de leve
    que ninguém lhes sinta a falta,
    amortalhadas, dispersas
    na escureza da batina.

Quem tem sua filha moça
padece muito vexame;
contempla-se numa poça
de fel em cerca de arame.

Mas se foi Deus quem mandou?
        Anhos imolados
não por sete alvas espadas
mas por um dardo do céu:
que se libere esta presa
à sublime natureza
de Deus com fome de moça.
Padre, levai nossas filhas!
O vosso amor, padre, queima
como fogo de coivara
não saberia queimar.
E o padre, sem se render
ao ofertório das virgens,
lá vai, coisa preta no ar.

    Onde pousa o padre
    é Amor-de-Padre
    onde bebe o padre
    é Beijo-de-Padre
    onde dorme o padre
    é Noite-de-Padre
    mil lugares-padre
    ungem o Brasil
    mapa vela acesa.

4.   Mas o padre entristece. Tudo engoiva
em redor. Não, Deus é astúcia,
e para maior pena, maior pompa.
Deus é espinho. E está fincado
no ponto mais suave deste amor.

Se toda a natureza vem a bodas,
e os homens se prosternam,
e a lei perde o sumo, o padre sabe
o que não sabemos nunca, o padre esgota
o amor humano.

A moça beija a febre do seu rosto.
Há um gládio brilhando na alta nuvem
que eram só carneirinhos há um instante.
— Padre, me roubaste a donzelice
ou fui eu que te dei o que era dável?
Não fui eu que te amei como se ama
aquilo que é sublime e vem trazer-me,
          rendido,
o que eu não merecia mas amava?
Padre, sou teu pecado, tua angústia?
Tua alma se escraviza à tua escrava?
És meu prisioneiro, estás fechado
em meu cofre de gozo e de extermínio,
e queres libertar-te? Padre, fala!
Ou antes, cala. Padre, não me digas
que no teu peito amor guerreia amor,
e que não escolheste para sempre.

5.   Que repórteres são esses
        entrevistando um silêncio?
        O *Correio, Globo, Estado,*
        Manchete, France-Presse, telef
        otografando o invisível?
        Quem alça
                a cabeça pensa
        e nas pupilas rastreia
        uma luz de danação,
        mas a luz fosforescente
                responde não?
        Quem roga ao padre que pose
        e o padre posa e não sente
                que está posando
        entre secas oliveiras
        de um jardim onde não chega
        o retintim deste mundo?
        E que vale uma entrevista
        se o que não alcança a vista
        nem a razão apreende
        é a verdadeira notícia?

6.   É meia-treva, e o Príncipe baixando
                entre cactos
        sem mover palavra fita o padre
        na menina dos olhos ensombrada.
        A um breve clarear,

o Príncipe, em toda a sua púrpura,
como só merecem defrontá-lo
os que ousaram um dia. Os dois se medem
na paisagem de couro e ossos
                              estudando-se.
O que um não diz outro pressente.
Nem desafio nem malícia
nem arrogância ou medo encouraçado:
o surdo entendimento dos poderes.

O padre já não pode ser tentado.

Há um solene torpor no tempo morto,
e, para além do pecado,
uma zona em que o ato é duramente
                              ato.
Em toda a sua púrpura
o Príncipe desintegra-se no ar.

7. Quando lhe falta o demônio
    e Deus não o socorre;
    quando o homem é apenas homem
    por si mesmo limitado,
    em si mesmo refletido;
    e flutua
    vazio de julgamento
    no espaço sem raízes;

e perde o eco
de seu passado,
a companhia de seu presente,
a semente de seu futuro;
quando está propriamente nu;
e o jogo, feito
até a última cartada da última jogada.
Quando. Quando.
                    Quando.

8.   Ao relento, no sílex da noite,
os corpos entrançados transfundidos
sorvem o mesmo sono de raízes
e é como se de sempre se soubessem
uma unidade errante a convocar-se
        e a diluir-se mudamente.
Espaço sombra espaço infância espaço
e difusa nos dois a prima virgindade,
        oclusa graça.

Mas de rompante a mão do padre sente
o vazio do ar onde boiava
a confiada morna ondulação.
A moça, madrugada, não existe.
O padre agarra a ausência e eis que um soluço
humano desumano e longiperto
trespassa a noitidão a céu aberto.

A chama galopante vai cobrindo
um tinido de freios mastigados
    e de patas ferradas,
    e em sete freguesias
passa e repassa a grande mula aflita.

    Urro
    de fera
    fúria
    de burrinha
    grito
    de remorso
    choro de criança?

Por que Deus se diverte castigando?
Por que degrada o amor sem destruí-lo?
e a cabeça da mula sem cabeça
ainda é rosto de amor, onde em sigilo
a ternura defesa vai flutuando?

Um rosto de besta
e entre as ciências do padre
entre as poderosas rezas do padre
nenhuma para resgatá-lo.
Resta deitar a febre na pedra
e aguardar
o terceiro canto do galo.

No barro vermelho da alva
a mão descobre
o dormir de moça misturado
ao dormir de padre.

9.   E já sem rumo prosseguem
na descrença de pousar,
clandestinos de navio
que deitou âncora no ar.

Já não se curvam fiéis
vendo o réprobo passar,
mas antes dedos em susto
implantam a cruz no ar.

A moça, o padre se fartam
da própria gula de amar.
O amor se vinga, consome-os,
laranja cortada no ar.

Ao fim da rota poeirenta
ouve-se a igreja cantar.
Mas cerraram-se-lhe as portas
e o sino entristece no ar.
O senhor bispo, chamado
com voz rouca de implorar,
trancou-se na sua Roma
de rocha, castelo de ar.

Entre pecado e pecado
há muito que epilogar.
Que venha o padre sozinho,
o resto se esfume no ar.

Padre e moça de tão juntos
não sabem se separar.
Passa o tempo do distinguo
entre duas nuvens no ar.

10. E de tanto fugir já fogem não dos outros
mas de sua mesma fuga a distraí-los.
Para mais longe, aonde não chegue
a ambição de chegar:
área vazia
no espaço vazio
sem uma linha
uma coroa
um D.

A gruta é grande
e chama por todos os ecos
organizados.
A gruta nem é negra
de tantos negrumes que se fundem
nos ângulos agudos:
a gruta é branca, e chama.

Entram curvos, como numa igreja
feita para fiéis ajoelhados.
Entram baixos
terreais
na posição dos mortos, quase.
A gruta é funda
a gruta é mais extensa do que a gruta
o padre sente a gruta e a gruta invade
a moça
a gruta se esparrama
sobre pena e universo e carnes frouxas
à maneira católica do sono.

Prismas de luz primeira despertando
de uma dobra qualquer de rocha mansa.
Cantar angélico subindo
em meio à cega fauna cavernícola
e dizendo de céus mais que cristãos
sobre o musgo, o calcário, o úmido medo
da condição vivente.
Que coros tão ardentes se desatam
em feixes de inefável claridade?
Que perdão mais solene se humaniza
e chega à aprovação e paira em bênção?
Que festiva paixão lança seu carro

de ouro e glória imperial para levá-los
à presença de Deus feita sorriso?
Que fumo de suave sacrifício
lhes afaga as narinas?
Que santidade súbita lhes corta
a respiração, com visitá-los?
Que esvair-se de males, que desfal
ecimentos teresinos?
Que sensação de vida triunfante
no empalidecer de humano sopro contingente?

Fora
ao crepitar da lenha pura
e medindo das chamas o declínio,
eis que perseguidores se persignam.

OS DOIS VIGÁRIOS

Há cinquenta anos passados,
Padre Olímpio bendizia,
Padre Júlio fornicava.
E Padre Olímpio advertia
e Padre Júlio triscava.
Padre Júlio excomungava
quem se erguesse a censurá-lo
e Padre Olímpio em seu canto
antes de cantar o galo
pedia a Deus pelo homem.
Padre Júlio em seu jardim
colhia flor e mulher
num contentamento imundo.
Padre Olímpio suspirava,
Padre Júlio blasfemava.
Padre Olímpio, sem leitura
latina, sem ironia,
e Padre Júlio, criatura
de Ovídio, ria, atacava
a chã fortaleza do outro.
Padre Olímpio silenciava.
Padre Júlio perorava,
rascante e politiqueiro.

Padre Olímpio se omitia
e Padre Júlio raptava
mulher e filhos do próximo,
outros filhos lhe aditava.
Padre Júlio responsava
os mortos pedindo contas
do mal que apenas pensaram
e desmontava filáucias
de altos brasões esboroados
entre moscas defuntórias.
Padre Olímpio respeitava
as classes depois de extintos
os sopros dos mais distintos
festeiros e imperadores.
Se Padre Olímpio perdoava,
Padre Júlio não cedia.
Padre Júlio foi ganhando
com o tempo cara diabólica
e em sua púrpura calva,
em seu mento proeminente,
ardiam brasas. E Padre
Olímpio se desolava
de ver um padre demente
e o Senhor atraiçoado.
E Padre Júlio oficiava
como oficia um demônio
sem que o escândalo esgarçasse
a santidade do ofício.

Padre Olímpio se doía,
muito se mortificava
que nenhum anjo surgisse
a consolá-lo em segredo:
"Olímpio, se é tudo um jogo
do céu com a terra, o desfecho
dorme entre véus de justiça."
Padre Olímpio encanecia
e em sua estrita piedade,
em seu manso pastoreio,
não via, não discernia
a celeste preferência.
Seria por Padre Júlio?
Valorizava-se o inferno?
E sentindo-se culpado
de conceber turvamente
o augustíssimo pecado
atribuído ao Padre Eterno,
sofre-rezando sem tino
todo se penitenciava.
Em suas costas botava
os crimes de Padre Júlio,
refugando-lhe os prazeres.
Emagrecia, minguava,
sem ganhar forma de santo.
Seu corpo se recolhia
à própria sombra, no solo.

Padre Júlio coruscava,
ria, inflava, apostrofava.
Um pecava, outro pagava.
O povo ia desertando
a lição de Padre Olímpio.
Muito melhor escutava
de Padre Júlio as bocagens.
Dois raios, na mesma noite,
os dois padres fulminaram.
Padre Olímpio, Padre Júlio
iguaizinhos se tornaram:
onde o vício, onde a virtude,
ninguém mais o demarcava.
Enterrados lado a lado
irmanados confundidos,
dos dois padres consumidos
juliolímpio em terra neutra
uma flor nasce monótona
que não se sabe até hoje
(cinquenta anos se passaram)
se é de compaixão divina
ou divina indiferença.

MASSACRE

eram mil a atacar
o só objeto
indefensável
e pá e pé e ui
e vupt e rrr
e o riso passarola no ar
grasnando
e mil a espiar
os alfabetos purpúreos
desatando-se
sem rota
e llmn e nss e yn
eram mil a sentir
que a vida refugia
do ato de viver
e agora circulava
sobre toda ruína

REMATE

Volta o filho pródigo
à casa do pai
e o próprio pai é morto desde Adão.
Onde havia relógio
e cadeira de balanço
vacas estrumam a superfície.
O filho pródigo tateia
assobia fareja convoca
as dezoito razões de fuga
e nada mais vigora
nem soluça.
Ninguém recrimina
ou perdoa,
ninguém recebe.
Deixa de haver o havido
na ausência de fidelidade
e traição.
Jogada no esterco verde
a agulha de gramofone
varre de ópera o vazio.
O ex-filho pródigo
perde a razão de ser
e cospe
no ar estritamente seco.

LAVRA

DESTRUIÇÃO

Os amantes se amam cruelmente
e com se amarem tanto não se veem.
Um se beija no outro, refletido.
Dois amantes que são? Dois inimigos.

Amantes são meninos estragados
pelo mimo de amar: e não percebem
quanto se pulverizam no enlaçar-se,
e como o que era mundo volve a nada.

Nada, ninguém. Amor, puro fantasma
que os passeia de leve, assim a cobra
se imprime na lembrança de seu trilho.

E eles quedam mordidos para sempre.
Deixaram de existir, mas o existido
continua a doer eternamente.

MINERAÇÃO DO OUTRO

Os cabelos ocultam a verdade.
Como saber, como gerir um corpo
alheio?
Os dias consumidos em sua lavra
significam o mesmo que estar morto.

Não o decifras, não, ao peito oferto,
mostruário de fomes enredadas,
ávidas de agressão, dormindo em concha.
Um toque, e eis que a blandícia erra em tormento,
e cada abraço tece além do braço
a teia de problemas que existir
na pele do existente vai gravando.

Viver-não, viver-sem, como viver
sem conviver, na praça de convites?
Onde avanço, me dou, e o que é sugado
ao mim de mim, em ecos se desmembra;
nem resta mais que indício,
pelos ares lavados,
do que era amor e, dor agora, é vício.

O corpo em si, mistério: o nu, cortina
de outro corpo, jamais apreendido,
assim como a palavra esconde outra
voz, prima e vera, ausente de sentido.
Amor é compromisso
com algo mais terrível do que amor?
– pergunta o amante curvo à noite cega,
e nada lhe responde, ante a magia:
arder a salamandra em chama fria.

AMAR-AMARO

por que amou por que a!mou
se sabia
p r o i b i d o   p a s s e a r   s e n t i m e n t o s
ternos ou sopɐɹǝdsǝp
nesse museu do pardo indiferente
me diga: mas por que
amar   sofrer talvez   como se morre
de varíola voluntária vágula ev
idente?

ah PORQUEAMOU
e se queimou
todo por dentro por fora nos cantos nos ecos
lúgubres de você mesm(o,a)
irm(ã,o) retrato espéculo por que amou?

se era para
ou era por
como se entretanto todavia
toda vida mas toda vida
é indagação do achado e aguda espostejação
da carne do conhecimento, ora veja

permita cavalheir(o,a)
amig(o,a) me releve
este malestar
cantarino escarninho piedoso
este querer consolar sem muita convicção
o que é inconsolável de ofício
a morte é esconsolável consolatrix consoadíssima
a vida também
tudo também
mas o amor car(o,a) colega este não consola nunca de
                                    [núncaras

COMPANHIA

ATAÍDE

Alferes de milícias Manuel da Costa Ataíde:
eu, paisano,
bato continência
em vossa admiração.

Há dois séculos menos um dia, contados na folhinha,
batizaram-vos na Sé da Cidade Mariana,
mas isso não teria importância nenhuma
se mais tarde não houvésseis olhado ali para o teto
e reparado na pintura de Manuel Rabelo de Sousa.
O rumo fora traçado.
Pintaríeis outras tábuas de outros tetos
ou mais precisamente
romperíeis o forro para a conversação radiante com Deus.

Alferes
que em São Francisco de Assis de Vila Rica
derramais sobre nós no azul-espaço
do teatro barroco do céu
o louvor cristalino coral orquestral dos serafins
à Senhora Nossa e dos Anjos;
repórter da Fuga e da Ceia,
testemunha do Poverello,

dono da luz e do verde-veronese,
inventor de cores insabidas,
a espalhar por vinte igrejas das Minas
"uma bonita, valente e espaçosa pintura":
em vossa admiração
bato continência.

E porque
ao sairdes de vossa casinha da Rua Nova nos fundos do
[Carmo
encontro-vos sempre caminhando
mano a mano com o mestre mais velho Antônio Francisco
[Lisboa
e porque viveis os dois em comum o ato da imaginação
e em comum o fixais em matéria, numa cidade após outra,
porque soubestes amá-lo, ao difícil e raro Antônio Francisco,
e manifestais a arte de dois na unidade da criação,
bato continência
em vossa admiração.

MÁRIO LONGÍNQUO

No marfim de tua ausência
persevera o ensino cantante,
martelo
a vibrar no verso e na carta:
A própria dor é uma felicidade.

(O real, frente a frente,
de perfil ou de ponta-cabeça,
tal fruto gordo colhido
e triturado, transformado,
por sobre as altas vergas que emolduram
a morte.)

Mário assombração, Mário problema?
A essa distância lunar
de tudo e de todos, menos
de teus múltiplos retratos falantes,
cachoeiras emaranhadas confidências
cilícios didáticos
                    reinações
adágios paulistanos de madura melancolia,
guardas a familiaridade e o sigilo
que alternam os losangos
da pele seca de Arlequim.

De longe, sem contorno,
revela-se a plena doação,
a nenhum em particular, murmúrio desfeito
no peito de desconhecidos
que vivem o poeta ignorando-lhe a existência
raio de amor geral barroco soluçante.

Mário arco-íris, mas tão exato
na modenatura de suas cores e dores,
que captamos a só imagem de alegria
e azul indisciplinado,
lá onde, surdamente,
turvação, paciência e angústia se mesclaram.

Tão mesquinha, tua lembrança
fichada nos arquivos da saudade!
Vejo-te livre, respirando
a fina luz do dia universal.

A CARLITO

Velho Chaplin:
as crianças do mundo te saúdam.
Não adiantou te esconderes na casa de areia dos setenta anos,
refletida no lago suíço.
Nem trocares tua roupa e sapatos heroicos
pela comum indumentária mundial.
Um guri te descobre e diz: Carlito
C A R L I T O – ressoa o coro em primavera.

Homens apressados estacam. E readquirem-se.
Estavas enrolado neles como bola de gude de quinze cores,
concentração do lúdico infinito.
Pulas intato da algibeira.
Uma guerra e outra guerra não bastaram
para secar em nós a eterna linfa
em que, peixe, modulas teu bailado.

O filme de 16 milímetros entra em casa
por um dia alugado
e com ele a graça de existir
mesmo entre os equívocos, o medo, a solitude mais solita.
Agora é confidencial o teu ensino,
pessoa por pessoa,

ternura por ternura,
e desligado de ti e da rede internacional de cinemas,
o mito cresce.

O mito cresce, Chaplin, a nossos olhos
feridos do pesadelo cotidiano.
O mundo vai acabar pela mão dos homens?
A vida renega a vida?
Não restará ninguém para pregar
o último rabo de papel na túnica do rei?
Ninguém para recordar
que houve pelas estradas um errante poeta
                            [desengonçado,
a todos resumindo em seu despojamento?

Perguntas suspensas no céu cortado
de pressentimentos e foguetes
cedem à maior pergunta
que o homem dirige às estrelas.
Velho Chaplin, a vida está apenas alvorecendo
e as crianças do mundo te saúdam.

A MÃO

Entre o cafezal e o sonho
o garoto pinta uma estrela dourada
na parede da capela,
e nada mais resiste à mão pintora.
A mão cresce e pinta
o que não é para ser pintado mas sofrido.
A mão está sempre compondo
módul-murmurando
o que escapou à fadiga da Criação
e revê ensaios de formas
e corrige o oblíquo pelo aéreo
e semeia margaridinhas de bem-querer no baú dos
                                     [vencidos.
A mão cresce mais e faz
do mundo-como-se-repete o mundo que telequeremos.
A mão sabe a cor da cor
e com ela veste o nu e o invisível.
Tudo tem explicação porque tudo tem (nova) cor.
Tudo existe porque foi pintado à feição de laranja mágica
não para aplacar a sede dos companheiros,
principalmente para aguçá-la
até o limite do sentimento da terra domicílio do homem.

Entre o sonho e o cafezal
entre guerra e paz
entre mártires, ofendidos,
músicos, jangadas, pandorgas,
entre os roceiros mecanizados de Israel,
a memória de Giotto e o aroma primeiro do Brasil
entre o amor e o ofício
eis que a mão decide:
Todos os meninos, ainda os mais desgraçados
sejam vertiginosamente felizes
como feliz é o retrato
múltiplo verde-róseo em duas gerações
da criança que balança como flor no cosmo
e torna humilde, serviçal e doméstica a mão excedente
em seu poder de encantação.

Agora há uma verdade sem angústia
mesmo no estar-angustiado.
O que era dor é flor, conhecimento
plástico do mundo.
E por assim haver disposto o essencial,
deixando o resto aos doutores de Bizâncio,
bruscamente se cala
e voa para nunca-mais
a mão infinita
a mão-de-olhos-azuis de Cândido Portinari.

CIDADE

POMBO-CORREIO

Os garotos da Rua Noel Rosa
onde um talo de samba viça no calçamento
viram o pombo-correio cansado
confuso
aproximar-se em voo baixo.

Tão baixo voava: mais raso
que os sonhos municipais de cada um.
Seria o Exército em manobras
ou simplesmente
trazia recados de ai! amor
à namorada do tenente em Aldeia Campista?

E voando e baixando entrançou-se
entre folhas e galhos de fícus:
era um papagaio de papel,
estrelinha presa, suspiro
metade ainda no peito, outra metade
no ar.

Antes que o ferissem,
pois o carinho dos pequenos ainda é mais desastrado
que o dos homens

e o dos homens costuma ser mortal
uma senhora o salva
tomando-o no berço das mãos
e brandamente alisa-lhe
a medrosa plumagem azulcinza
cinza de fundos neutros de Mondrian
azul de abril pensando maio.

3235-58-Brasil
dizia o anel na perninha direita.
Mensagem não havia nenhuma
ou a perdera o mensageiro
como se perdem os maiores segredos de Estado
que graças a isto se tornam invioláveis,
ou o grito de paixão abafado
pela buzina dos ônibus.

Como o correio (às vezes) esquece cartas,
teria o pombo esquecido
a razão de seu voo?
Ou sua razão seria apenas voar
baixinho sem mensagem como a gente
vai todos os dias à cidade
e somente algum minuto em cada vida
se sente repleto de eternidade, ansioso
por transmitir a outros sua fortuna?

Era um pombo assustado
perdido
e há perguntas na Rua Noel Rosa
e em toda parte sem resposta.

Pelo que a senhora o confiou
ao senhor Manuel Duarte, que passava
para ser devolvido com urgência
ao destino dos pombos militares
que não é um destino.

CAÇA NOTURNA

No escuro
o zumbido gigante do besouro
corrói os cristais do sono.
Que avião é esse, levando para Teerã
uma amizade um amor um bloco de oitenta
                              [indiferenças
que não acaba de passar e circunvoa
sobre a casa perdida na floresta
imobiliária?

Vai o ouvido apurando
na trama do rumor suas nervuras:
inseto múltiplo reunido
para compor o zanzineio surdo
circular opressivo
zunzin de mil zonzons zoando em meio
à pasta de calor
da noite em branco.

São as eletrobombas em serviço.
A música da seca.
Pickup que não para de girar.
Gato que não cansa de roncar.

Ah, como os conheço!
Fazem parte da vida esses possantes
motores de tocaia
na caça lunar de água, lebre esquiva
sugada
por um canal de desespero e insônia.

Que gemido crilado, apenas zi,
tímido se incorpora ao zon compacto?
Que vozinha medrosa mais suspira
do que zoa, no côncavo noturno?
O motorzinho do poeta,
pobre galgo da casa,
1/4 de HP, caçando em vão.

CANTO DO RIO EM SOL

I

Guanabara, seio, braço
de a-mar:
em teu nome, a sigla rara
dos tempos do verbo mar.

Os que te amamos sentimos
e não sabemos cantar:
o que é sombra do Silvestre
sol da Urca
dengue flamingo
mitos da Tijuca de Alencar.

Guanabara, saia clara
estufando em redondel:
que é carne, que é terra e alísio
em teu crisol?

Nunca vi terra tão gente
nem gente tão florival.
Teu frêmito é teu encanto
(sem decreto) capital.

Agora que te fitamos
nos olhos,
e que neles pressentimos
o ser telúrico, essencial,
agora sim, és Estado
de graça, condado real.

II

Rio, nome sussurrante,
Rio que te vais passando
a mar de histórias e sonhos
e em teu constante janeiro
corres pela nossa vida
como sangue, como seiva
– não são imagens exangues
como perfume na fronha
... como a pupila do gato
risca o topázio no escuro,
Rio-tato-
-vista-gosto-risco-vertigem
Rio-antúrio.

Rio das quatro lagoas
de quatro túneis irmãos
Rio em ã
         Maracanã
         Sacopenapã

Rio em ol em amba em umba sobretudo em inho
       de amorzinho
       benzinho
       dá-se um jeitinho
do saxofone de Pixinguinha chamando pela Velha Guarda
como quem do alto do Morro Cara de Cão
chama pelos tamoios errantes em suas pirogas
Rio milhão de coisas
luminosardentissuavimariposas:
como te explicar à luz da Constituição?

III

Irajá Pavuna Ilha do Gato
– emudeceram as aldeias gentílicas?
A Festa das Canoas dispersou-se?
Junto ao Paço já não se ouve o sino de São José
pastoreando os fiéis da várzea?
Soou o toque do Aragão sobre a cidade?

Não não não não não não não

Rio mágico, dás uma cabriola,
teu desenho no ar é nítido como os primeiros grafismos,
teu acordar, um feixe de zínias na correnteza esperta do
                                    [tempo
o tempo que humaniza e jovializa as cidades.

Rio novo a cada menino que nasce
                    a cada casamento
                        a cada namorado
que te descobre enquanto, rio-rindo,
assistes ao pobre fluir dos homens e de suas glórias pré-
                            [-fabricadas.

SER

O RETRATO MALSIM

O inimigo maduro a cada manhã se vai formando
no espelho de onde deserta a mocidade.
Onde estava ele, talvez escondido em castelos escoceses,
em cacheados cabelos de primeira comunhão?
Onde, que lentamente grava sua presença
por cima de outra, hoje desintegrada?

Ah, sim: estava na rigidez das horas de tenência orgulhosa,
no morrer em pensamento quando a vida queria viver.
Estava primo do outro, dentro,
era o outro, que não se sabia liquidado,
verdugo expectante, convidando a sofrer;
cruz de carvão, ainda sem braços.

Afinal irrompe, dono completo.
Instalou-se, a mesa é sua,
cada vinco e reflexão madura ele é quem porta,
e esparrama na toalha sua matalotagem:
todas as flagelações, o riso mau,
o desejo de terra destinada
e o estar-ausente em qualquer terra.
3 em 1, 1 em 3:
ironia passionaridade morbidez.

No espelho ele se faz a barba amarga.

SCIENCE FICTION

O marciano encontrou-me na rua
e teve medo de minha impossibilidade humana.
Como pode existir, pensou consigo, um ser
que no existir põe tamanha anulação de existência?

Afastou-se o marciano, e persegui-o.
Precisava dele como de um testemunho.
Mas, recusando o colóquio, desintegrou-se
no ar constelado de problemas.

E fiquei só em mim, de mim ausente.

JANELA

Tarde dominga tarde
pacificada como os atos definitivos.
Algumas folhas da amendoeira expiram em degradado
[vermelho.
Outras estão apenas nascendo,
verde polido onde a luz estala.
O tronco é o mesmo
e todas as folhas são a mesma antiga
folha
a brotar de seu fim
enquanto roazmente
a vida, sem contraste, me destrói.

O BOLO

Na mesa interminável comíamos o bolo
interminável
e de súbito o bolo nos comeu.
Vimo-nos mastigados, deglutidos
pela boca de esponja.

No interior da massa não sabemos
o que nos acontece mas lá fora
o bolo interminável
na interminável mesa a que preside
sente falta de nós
                    gula saudosa.

OS MORTOS

Na ambígua intimidade
que nos concedem
podemos andar nus
diante de seus retratos.
Não reprovam nem sorriem
como se neles a nudez fosse maior.

ANIVERSÁRIO

Um verso, para te salvar
de esquecimento sobre a terra?
Se é em mim que estás esquecida,
o verso lembraria apenas
esta força de esquecimento,
enquanto a vida, sem memória,
vaga atmosfera, se condensa
na pequena caixa em que moras
como os mortos sabem morar.

CARTA

Há muito tempo, sim, que não te escrevo.
Ficaram velhas todas as notícias.
Eu mesmo envelheci: Olha, em relevo,
estes sinais em mim, não das carícias

(tão leves) que fazias no meu rosto:
são golpes, são espinhos, são lembranças
da vida a teu menino, que ao sol-posto
perde a sabedoria das crianças.

A falta que me fazes não é tanto
à hora de dormir, quando dizias
"Deus te abençoe", e a noite abria em sonho.

É quando, ao despertar, revejo a um canto
a noite acumulada de meus dias,
e sinto que estou vivo, e que não sonho.

PARA SEMPRE

Por que Deus permite
que as mães vão-se embora?
Mãe não tem limite,
é tempo sem hora,
luz que não apaga
quando sopra o vento
e chuva desaba,
veludo escondido
na pele enrugada,
água pura, ar puro,
puro pensamento.
Morrer acontece
com o que é breve e passa
sem deixar vestígio.
Mãe, na sua graça,
é eternidade.
Por que Deus se lembra
– mistério profundo –
de tirá-la um dia?
Fosse eu Rei do Mundo,
baixava uma lei:

Mãe não morre nunca,
mãe ficará sempre
junto de seu filho
e ele, velho embora,
será pequenino
feito grão de milho.

MUNDO

VI NASCER UM DEUS

Em novembro chegaram os signos.
O céu nebuloso não filtrava
estrelas anunciantes
nem os bronzes de São José junto ao Palácio Tiradentes
tangiam a Boa-Nova.
Eram outros os signos
e vinham na voz de iaras-propaganda
páginas inteiras de refrigerador e carro nacional
mas vinham.
O governo destinou só 210 mil dólares
à importação de artigos natalinos
avelãs figos castanhas ameixas amêndoas
sóis luas outonos cristalizados
orvalho de uísque em ramo de pinheiro
champagne extra-sec pour les connoisseurs
mas vinham
a fome sambava entre caçarolas desertas
e o amor dormia na entressafra
mas vinham
e petroleiros jatos caminhões nas BR televisores
                                [transistores corretores
descobriram subitamente
Jesus.

(Quem adquire a *big* cesta de natal Tremendous
no ato de pagamento da primeira prestação
recebe prêmio garantido
e concorre
na última quarta-feira de cada mês
– números correspondentes aos da Loteria Federal –
a visões como um apartamento

um jipe

uma lambreta

um lunik

um anjo eletrônico

e mais:
ajuda quinhentos velhinhos
a provar alegria
pois a Obra de Senectude Evangélica
tem comissão em cada cesta vendida.)

... na manjedoura?
no presépio?
no chão, diante do pórtico arruinado, como em Siena
[o pintou Francesco Giorgio?
na capelinha torta de São Gonçalo do Rio Abaixo?
na *big* cesta de natal?

... repousa o Infante esperado.
As luzes em que o esculpiram tornam-lhe o corpo dourado.

O Cristo é sempre novo, e na fraqueza deste menino
há um silencioso motor, uma confidência e um sino.

Nasce a cada dezembro e nasce de mil jeitos.
Temos de pesquisá-lo até na gruta de nossos defeitos.

Ministros deputados presidentes de sindicatos
prosternam-se, estabelecendo os primeiros contatos.

Preside (mal) as assembleias de todas as sociedades
anônimas, anônimo ele próprio, nas inumerabilidades

de sua pobritude. E tenta renascer a cada hora
em que se distrai nossa polícia, assim como uma flora

sem jardineiro apendoa, e sem húmus, no espaço
restaura o dinamismo das nuvens. Sua pureza arma um laço

à astúcia terrestre com que todos nos defendemos
da outra face do amor, a face dos extremos.

Inventou-se menino para ser ao menos contemplado,
senão querido (pois amamos a nosso modo limitado,

e de criança temos pena, porque submersos garotos
ainda fazem boiar em nós seus barcos rotos,

e a tristeza infantil, malva seca no catecismo, nunca se
[esquece).

Assim o Cristo vem numa cantiga sem rumo, não na prece

com pandeiros alegres tocando
com chapéus de palhinha amarela
companheiros alegres cantando.

Ó lapinha,

menino de barro,
deus de brinquedo,
areia branca de córrego,
musgo de penhasco,
Belém de papel,
primeira utopia,
primeira abordagem
do território místico,
primeiro tremor.
Vi nascer um deus.
Onde, pouco importa.
Como, pouco importa.
Vi nascer um deus
em plena calçada
entre camelôs;
na vitrine da *boutique*
sorria ou chorava,
não sei bem ao certo;

a luz da boate
mal lhe debuxava
o mínimo perfil.
Vi nascer um deus
entre embaixadores
entre publicanos
entre verdureiros
entre mensalistas,
no Maracanã
em Para-lá-do-Mapa,
quando os gatos rondam
a espinha da noite
os mendigos espreitam
os inferninhos
e no museu acordam as telas
informais
e o homem esquece
metade da ciência atômica:
vi nascer um deus.
O mais pobre,
o mais simples.

A BOMBA

A bomba
   é uma flor de pânico apavorando os floricultores

A bomba
   é o produto quintessente de um laboratório falido

A bomba
   é miséria confederando milhões de misérias

A bomba
   é estúpida é ferotriste é cheia de rocamboles

A bomba
   é grotesca de tão metuenda e coça a perna

A bomba
   dorme no domingo até que os morcegos esvoacem

A bomba
   não tem preço não tem lunar não tem domicílio

A bomba
   amanhã promete ser melhorzinha mas esquece

A bomba
    não está no fundo do cofre, está principalmente onde
                                                    [não está

A bomba
    mente e sorri sem dente

A bomba
    vai a todas as conferências e senta-se de todos os lados

A bomba
    é redonda que nem mesa redonda, e quadrada

A bomba
    tem horas que sente falta de outra para cruzar

A bomba
    furtou e corrompeu elementos da natureza e mais furtara
                                                    [e corrompera

A bomba
    multiplica-se em ações ao portador e em portadores sem
                                                    [ação

A bomba
    chora nas noites de chuva, enrodilha-se nas chaminés

A bomba
faz *weekend* na Semana Santa

A bomba
brinca bem brincado o carnaval

A bomba
tem 50 megatons de algidez por 85 de ignomínia

A bomba
industrializou as térmites convertendo-as em balísticos
[interplanetários

A bomba
sofre de hérnia estranguladora, de amnésia, de mononu-
[cleose, de verborreia

A bomba
não é séria, é conspicuamente tediosa

A bomba
envenena as crianças antes que comecem a nascer

A bomba
continua a envenená-las no curso da vida

A bomba
respeita os poderes espirituais, os temporais e os tais

A bomba
pula de um lado para outro gritando: eu sou a bomba

A bomba
é um cisco no olho da vida, e não sai

A bomba
é uma inflamação no ventre da primavera

A bomba
tem a seu serviço música estereofônica e mil valetes de
                [ouro, cobalto e ferro além da comparsaria

A bomba
tem supermercado circo biblioteca esquadrilha de mísseis
                                        [etc.

A bomba
não admite que ninguém a acorde sem motivo grave

A bomba
quer é manter acordados nervosos e sãos, atletas e
                                [paralíticos

A bomba
mata só de pensarem que vem aí para matar

A bomba
dobra todas as línguas à sua turva sintaxe

A bomba
saboreia a morte com *marshmallow*

A bomba
arrota impostura e prosopopeia política

A bomba
cria leopardos no quintal, eventualmente no *living*

A bomba
é podre

A bomba
gostaria de ter remorso para justificar-se mas isso lhe
[é vedado

A bomba
pediu ao Diabo que a batizasse e a Deus que lhe validasse
[o batismo

A bomba
    declara-se balança de justiça arca de amor arcanjo de
                              [fraternidade

A bomba
    tem um clube fechadíssimo

A bomba
    pondera com olho neocrítico o Prêmio Nobel

A bomba
    é russamericanenglish mas agradam-lhe eflúvios de Paris

A bomba
    oferece na bandeja de urânio puro, a título de bonificação,
                              [átomos de paz

A bomba
    não terá trabalho com as artes visuais, concretas ou
                              [tachistas

A bomba
    desenha sinais de trânsito ultreletrônicos para proteger
                              [velhos e criancinhas

A bomba
não admite que ninguém se dê ao luxo de morrer
[de câncer

A bomba
é câncer

A bomba
vai à lua, assovia e volta

A bomba
reduz neutros a neutrinos, e abana-se com o leque
[da reação em cadeia

A bomba
está abusando da glória de ser bomba

A bomba
não sabe quando, onde e por que vai explodir, mas
[preliba o instante inefável

A bomba
fede

A bomba
é vigiada por sentinelas pávidas em torreões de
[cartolina

A bomba
com ser uma besta confusa dá tempo ao homem para
[que se salve

A bomba
não destruirá a vida

O homem
(tenho esperança) liquidará a bomba.

PALAVRA

ISSO É AQUILO

I

O fácil o fóssil
o míssil o físsil
a arte o infarte
o ocre o canopo
a urna o *far niente*
a foice o fascículo
a lex o judex
o maiô o avô
a ave o mocotó
o só o sambaqui

II

o gás o nefas
o muro a rêmora
a suicida o cibo
a litotes Aristóteles
a paz o pus
o licantropo o liceu
o flit o flato
a víbora o heléboro
o êmbolo o bolo
o boliche o relincho

III

o istmo o espasmo
o ditirambo o cachimbo
a cutícula o ventríloquo
a lágrima o magma
o chumbo o nelumbo
a fórmica a fúcsia
o bilro o pintassilgo
o malte o gerifalte
o crime o aneurisma
a tâmara a Câmara

IV

o átomo o átono
a medusa o pégaso
a erisipela a elipse
a ama o sistema
o quimono o amoníaco
a nênia o nylon
o cimento o ciumento
a juba a jacuba
o mendigo a mandrágora
o boné a boa-fé

V

a argila o sigilo
o pároco o báratro
a isca o menisco
o idólatra o hidrópata
o plátano o plástico
a tartaruga a ruga
o estômago o mago
o amanhecer o ser
a galáxia a gloxínia
o cadarço a comborça

VI

o útil o tátil
o colubiazol o gazel
o lepidóptero o útero
o equívoco o fel no vidro
a joia a triticultura
o *know-how* o nocaute
o dogma o borborigmo
o úbere o lúgubre
o nada a obesidade
a cárie a intempérie

VII

o dzeta o zeugma
o cemitério a marinha
a flor a canéfora
o pícnico o pícaro
o cesto o incesto
o cigarro a formicida
a aorta o Passeio Público
o mingau a *migraine*
o leste a leitura
a girafa a jitanjáfora

VIII

o índio a lêndea
o coturno o estorno
a pia a piedade
a nolição o nonipétalo
o radar o nácar
o solferino o aquinatense
o *bacon* o dramaturgo
o legal a galena
o azul a lues
a palavra a lebre

IX

o remorso o cós
a noite o bis-coito
o sestércio o consórcio
o ético a ítaca
a preguiça a treliça
o castiço o castigo
o arroz o horror
a nespa a véspera
o papa a joaninha
as endoenças os antibióticos

X

o árvore a mar
o doce de pássaro
a passa de pêsame
o cio a poesia
a força do destino
a pátria a saciedade
o cudelume Ulalume
o zum-zum de Zeus
        o bômbix
        o ptyx

F

forma
forma
forma

        que se esquiva
        por isso mesmo viva
        no morto que a procura

a cor não pousa
nem a densidade habita
nessa que antes de ser
já
deixou de ser   não será
mas é

    forma
    festa
    fonte
    flama
    filme

e não encontrar-te é nenhum desgosto
pois abarrotas o largo armazém do factível
onde a realidade é maior do que a realidade

4 POEMAS

A MÚSICA BARATA

Paloma, Violetera, Feuilles Mortes.
Saudades do Matão e de mais quem?
A música barata me visita
e me conduz
para um pobre nirvana à minha imagem.

Valsas e canções engavetadas
num armário que vibra de guardá-las,
no velho armário, cedro, pinho ou...?
(O marceneiro ao fazê-lo bem sabia
quanto essa madeira sofreria.)

Não quero Handel para meu amigo
nem ouço a matinada dos arcanjos.
Basta-me
o que veio da rua, sem mensagem,
e, como nos perdemos,
                    se perdeu.

CERÂMICA

Os cacos da vida, colados, formam uma estranha
[xícara.

Sem uso,
ela nos espia no aparador.

DESCOBERTA

O dente morde a fruta envenenada
a fruta morde o dente envenenado
o veneno morde a fruta e morde o dente
o dente, se mordendo, já descobre
a polpa deliciosíssima do nada.

INTIMAÇÃO

Abre em nome da lei.
Em nome de que lei?
Acaso lei sem nome?
Em nome de que nome
cujo agora me some
se em sonho soletrei?
Abre em nome do rei.

Em nome de que rei
é a porta arrombada
para entrar o aguazil
que na destra um papel
sinistramente branco
traz, e ao ombro o fuzil?

Abre em nome de til.
Abre em nome de abrir,
em nome de poderes
cujo vago pseudônimo
não é de conferir:
cifra oblíqua na bula
ou dobra na cogula
de inexistente frei.

Abre em nome da lei.
Abre sem nome e lei.
Abre mesmo sem rei.
Abre, sozinho ou grei.
Não, não abras; à força
de intimar-te, repara:
eu já te desventrei.

LIÇÃO
DE
COISAS

Oferço êste quase-nada
ao tudo que é a Companheira:
a Dolores, amiga, amada
no decurso da vida inteira.

Carlos

Rio, VI.1962

Dedicatória de Drummond à esposa, Dolores,
em exemplar da 1ª edição de *Lição de coisas*:
"Ofereço este quase-nada/ ao tudo que é a Companheira:/
a Dolores, amiga, amada/ no decurso da vida inteira.//
Carlos// Rio, VI.1962"

LIÇÃO
DE
COISAS

A lição das coisas ao poeta
é de humilde sabedoria :
Pondo de lado a busca inquieta,
amar sua filha Maria.

E ter para Manolo e Tôto,
para Abiça e para Pedrinho
(três barcos, o mesmo pilôto)
um só e tríplice carinho.

Carlos

Rio, junho 1962

Dedicatória do poeta, em exemplar da 1ª edição de *Lição de coisas*, à filha,
Maria Julieta, ao genro, Manuel Graña Etcheverry (Manolo), e aos netos,
Carlos Manuel (Tôto), Luis Mauricio (Abiça) e Pedro Augusto (Pedrinho):
"A lição das coisas ao poeta/ é de humilde sabedoria:/ Pondo de lado a
busca inquieta,/ amar sua filha Maria.// E ter para Manolo e Tôto,/
para Abiça e para Pedrinho/ (três barcos, o mesmo piloto)/ um só
e tríplice carinho.// Carlos// Rio, junho, 1962"

CRÔNICA DE DRUMMOND

Imagens de coleguismo

LIVROS NOVOS

Com a amabilidade que convém aos autores, se quiserem ser lidos, o poeta Carlos Drummond de Andrade oferece-me os dois livros que acaba de publicar: "Lição de Coisas" (edição José Olympio) e "Antologia Poética" (Editôra do Autor).

A circunstância de tratar-se de homônimo dêste cronista não me inibe de lavrar o registro de tais obras. Senão de fato, em princípio tenho todos os leitores do jornal em que escrevo e, generosamente, admito que alguns dêles queiram travar conhecimento com a poesia de meu xará.

"Lição de Coisas" reúne poemas escritos a partir de 1960 e ainda não incluídos em livro; a "Antologia" é o que o título indica, mas a peças conhecidas adiciona espertamente algumas novas.

O primeiro livro tem na contracapa juizos de críticos ilustres, nacionais e estrangeiros sôbre o poeta; não vejo entre êles a opinião do aluno de curso colegial, emitida em classe depois que a professôra Maria Luísa Ramos leu uns versos de CDA, segundo notícia de um matutino: "Sim senhor, êste cara é mesmo positivo". Foi o ditirambo de que êle mais gostou, até hoje, e sabe-se como literatos são vaidosos.

A positividade do autor é traço que suponho deva merecer atenção do público consumidor, desejoso de encontrar na literatura indícios ou reflexos de uma atitude concreta (não concretista) perante as coisas, as situações, a problemática da vida.

Não sei se o poeta perdeu a fôrça de irritar, que o distinguia; sei que abre de nôvo o baú de lembranças, reage contra o excesso de bomba do nosso tempo, narra dramas amorosos e psicológicos do próximo, trata galantemente da cidade do Rio, ex-Capital sempre capitalíssima, fala de pombos-correio, fazendas, muladeiros, santas, rende preito a Portinari, a Chaplin, ao pintor colonial Ataíde e a Mário de Andrade, explora a palavra como som e como signo, em aproximações, contrastes, esfoliações, distorsões e interpenetrações endiabradas. Os senhores julgarão por si.

A "Antologia" seria a antologia de sempre, se não houvesse uma peninha para atrapalhar: a distribuição de poemas segundo critério bolado pelo autor e que sugere uma espécie de auto-interpretação. Pediu-me êle que não contasse como é, para dar ao leitor o prazer de descobrir uma antologia bossa nova. Faço-lhe a vontade. De qualquer modo, êle ingressou numa galeria eminente, pois sua antologia pertence à série que já nos deu os florilégios de Vinícius de Morais e Manuel Bandeira. Se vizinhança influi, o livro é ótimo.

Os murmuradores acharão impertinente publicar dois livros em um só mês, mas estamos na época do Bi, e ambos os volumes são gràficamente bonitos, o que é uma razão ponderável. Eu ia mesmo louvar a capa de "Lição de Coisas", desenhada por Teresa Nicolao, mas cedo a palavra ao bardo, para fazê-lo:

Pobre do poeta: derrapa
no ritmo como na rima.
Salva-se porém a capa,
esta singela obra-prima
que das coisas nos revela
uma lição exemplar:
torna-se a coisa mais bela
se Teresa a desenhar.

C. D. A.

1. VII. 1962

"Imagens de coleguismo: Livros novos", crônica publicada originalmente no *Correio da Manhã*, 1º/7/1962, p. 6. Acervo da Fundação Biblioteca Nacional. O recorte é parte do arquivo do poeta.

ÍNDICE DE TÍTULOS
E PRIMEIROS VERSOS

A bomba, 114

A Carlito, 79

A mão, 81

A música barata, 133

A palavra e a terra, 29

A santa, 41

Abre em nome da lei, 136

Alferes de milícias
Manuel da Costa
Ataíde, 75

Amar-amaro, 70

Aniversário, 102

Ataíde, 75

Aurinaciano, 29

Caça noturna, 88

Canto do Rio em sol, 90

Carta, 103

Cerâmica, 134

Descoberta, 135

Destruição, 67

Em novembro chegaram
os signos, 109

Entre o cafezal e o
sonho, 81

Eram mil a atacar, 62

F, 130

Fazenda, 38

Forma, 130

Guanabara, seio, braço,
90

Há cinquenta anos
passados, 58

Há muito tempo, sim,
que não te escrevo,
103

Hildebrando insaciável
comedor de galinha,
40

Intimação, 136

Isso é aquilo, 125

Janela, 99

José Catumbi, 39

Mário longínquo, 77

Massacre, 62

Mineração do outro, 68

Na ambígua intimidade,
101

Na mesa interminável
comíamos o bolo, 100

No escuro, 88

No marfim de tua
ausência, 77

O bolo, 100

O dente morde a fruta
envenenada, 135

O fácil o fóssil, 125

O frango degolado, 42

O inimigo maduro a
cada manhã se vai
formando, 97

O marciano encontrou-
-me na rua, 98

O muladeiro, 39

O padre, a moça, 45

O padre furtou a moça,
fugiu, 45

O retrato malsim, 97

O sátiro, 40

Os amantes se amam
cruelmente, 67

Os cabelos ocultam
a verdade, 68

Os cacos da vida,
colados, formam uma
estranha xícara, 134

Os dois vigários, 58

Os garotos da Rua
Noel Rosa, 85

Os mortos, 101

Paloma, Violetera,
Feuilles Mortes, 133

Para sempre, 104

Pombo-correio, 85

Por que amou por que
a!mou, 70

Por que Deus permite, 104

Remate, 63

Science fiction, 98

Sem nariz e fazia
milagres, 41

Serro Verde   Serro Azul,
37

Tarde dominga tarde, 99

Terras, 37

Um verso, para te salvar,
102

Vejo o Retiro: suspiro, 38

Velho Chaplin, 79

Vermelho, 42

Vi nascer um deus, 109

Volta o filho pródigo, 63

Carlos Drummond de Andrade

Este livro foi confeccionado nas oficinas da GRÁFICA Geográfica para a LIVRARIA JOSÉ OLYMPIO EDITORA S. A., RIO DE JANEIRO, em setembro de 2023.

*

92º aniversário desta Casa de Livros, fundada em 29.11.1931.

Leia Drummond